それで、ご家族は

小林 弁

KOBAYASHI Ben

文芸社

一

目が覚めたら、知らない部屋にいた。

白い天井、二本並んだ細長い蛍光灯、ぐるりと取り囲んだベージュのカーテン。ちょっと体を動かしたら、ぎしりと音を立ててベッドが軋んだ。「あっ」と声がして、ぱたぱたと足音が来た。

「秋山さあん、気がつきましたか。無理しちゃ駄目ですよー、秋山さん。お熱と血圧測りましょうねー、秋山さん」

陽子はぼんやりした目で若い女を見上げた。

くるんと巻いたまつ毛、淡いリップを塗ったふっくらした唇、顎の下で切り揃えたさらさらの髪。白い制服を着た姿は、お人形みたいだ。

「ここ……どこですか」

「病院ですよー、秋山さん。きのう転んで救急車で運ばれて、ひと晩入院したんですよー、秋山さん。憶えてないですかー、秋山さん」

――そういえば。

陽子はだんだん思い出した。

きのうは午後から「あったか苑」に出かけて、湯に浸かった。暗くなるまでのんびり過ごして、駐車場で足を滑らせた。あっ、と叫んで目をつぶって、それからどうしたのだったか。

「お熱と血圧正常ですよー、秋山さん。ベッド起こしましょうねー、秋山さん。入院申込書持ってきますねー、秋山さん」

女はカーテンを中途半端に閉めて出ていった。「秋山さん、秋山さん」と別の声が呼んだ。

「秋山さん、ちょいと。秋山さん、ほれ」

「はい？　……あたたた」

陽子はカーテンに腕を伸ばして、思わず呻いた。腕だけでなく肩も、腰も、背中も痛い。

「大変だったねえ、秋山さん」

向かい側のベッドで、ちんまりした女が笑っている。目深にかぶったニット帽、大判のショール、もこもこしたカーディガン。細い小さな顔は、着ぶくれた中にほとんど埋もれてしまっている。何が入っているのか、布団の裾に、はちきれそうに膨らんだ洗濯ネットがのっている。

「あれだよ、ほれ、年を取ると、ちょいとしたことで寝たきりになっちまうから。お互い気をつけようねえ、秋山さん」

「はあ」

「あれだよ、ほれ、それ、カーテン。開けたり閉めたり、いちいちめんどくさいだろ。ほれ、こうやって縛って、こうやって押し込んどくといいんだよ。紐、ある？　貸してあげよう。なに、遠慮なんか要らないよ」

ほれ、と女は布団から腕を出して振るった。腰紐みたいな紐が宙でほどけて、布団の上に落ちた。

「ありゃりゃ。あはは」

――誰？　何？　いくつ？

陽子は胡散臭い思いで女を見た。

皺だらけの白けた顔といい、ニット帽からはみ出た貧弱な髪といい。この夏に六十八になる陽子より、はるかに年上であることは間違いない。暑いくらいに暖房が利いた部屋なのにやたら着込んだ様子といい、変にきんきんした声の調子といい。百歳？　百二十歳？　とにかく大変な年寄りであることは間違いない。

「あの、失礼ですけれど……どこかでお会いしましたか」

「違う、違う」

それでいて耳はいいらしい女は、機嫌よさそうに笑った。

「だってほれ、ミホちゃんが。秋山さん、秋山さん、って」

「ミホちゃん……さっきの看護師さんですか」

「そう、そう。あの子ったらああ見えて、ここで注射が一番うまいんだよ」

女は孫の自慢話をするみたいに、貧相な顔をくしゃくしゃにした。

「一番若いのに、一番気が利くし。よかったねえ、秋山さん。あっ、あたし、大塚っていうんだ。あれだよ、それで、そのベッドの人はさあ」

大塚はぺらぺら説明した。陽子の隣のベッドの患者は、数日の予定で一時帰宅していること。大塚の隣の患者はおととい退院して、今はベッドが空いていること。

「だってほれ、お正月だから。手術や検査は休みだし、先生たちも交代で休みだし。許しをもらって、いったんうちに帰るのも多いんだよ。あれだよ、いつもなら廊下とか、うんとがやがやしてんだよ」

——そうだ、きょうはお正月、元日だったんだ。

陽子はようやく頭がはっきりしてきた。

大晦日のきのうは、朝早くから大掃除をした。といっても外は雪があるから、家の中だけだ。棚の上とか押し入れの奥とか、ふだん見ないですませている所を片づけた。最後に仏壇の正月飾りを整え、ごみ袋を物置に運んだ。

遅い昼食を食べながら、さて、と考えた。

これからこたつに入ってひと休みして、そのあとどうしよう。ひと眠りして朝刊の残りに目を通して、そのあと紅白が始まるまでテレビを見続けるというのもつまらない。朝からよく働いたことだし、ここはひとつ、「あったか苑」に行こう。

丘の中腹に位置する「あったか苑」は、お気に入りの日帰り温泉だ。露天風呂からの眺めがいいし、風呂の種類が多いのがいい。車で片道三十分程度という距離感もちょうどいい。スタンプを十個ためると、次は無料で入れるというのもいい。月に何度も行くものだから、年に何度も無料で入っている。

「あったか苑」は、思いがけず混んでいた。

ふだんの昼間なら客は中高年がほとんどなのに、若いのがずいぶんいた。中でも目についてて多かったのが、子ども連れだった。ごく小さいのを連れた若夫婦、園児くらいのを連れた老夫婦、小学生くらいのと親夫婦とその親夫婦の組み合わせ。孫一同と子ども一同とその老父母、といった一族総出も何組もいた。

それでも時間が経つにつれて人が少なくなり、ことに子連れは姿を消した。陽子は静かになった露天風呂に首まで浸かり、暮れゆく雪景色を堪能した。

駐車場で滑ったのは、雪だまりに足を取られたか、凍った地面に足を乗せるかしたのだろう。

「……大変だねえ、秋山さんも」

大塚はまだ一人で喋っている。

「あれかね、年末の人混みで押されでもしたかね。危ないよ、年を取ると人混みは。あれだよ、初詣なんか、無理して松の内に行かなくたっていいんだよ。あれだよ、ここにいたって、ちょっとしたおせちくらい出るんだよ。あれだよ、けさはたしか黒豆と、きんとんと……」

「秋山さあん」

ぱたぱたと音がして、「ミホちゃん」が来た。

「秋山さん、それじゃこちら、入院のしおりです。それからこちら……」

「ミホちゃん、ミホちゃん」

大塚は孫を呼びつけるみたいに馴れ馴れしく呼んだ。

「あれだよ、けさ、お餅、出なかったじゃないか。なんだい、お正月なのに」

「お餅ですか。お餅は危ないですからね。秋山さん、こちら、入院申込書です。それからこちら……」

「ミホちゃん、ミホちゃん。でも、だって、お正月っていったらお餅じゃないか。あれだよ、ほれ、ミホちゃん、いい子だから。院長先生にお願いして、それで……」

「秋山さん、それじゃこちらとこちら、ご記入下さい。それからこちら……」

「ミホちゃん、ミホちゃん。だって、ほれ、だから……」

――はて。

陽子は入院申込書を見て、ちょっと考えた。

住所、氏名、生年月日……緊急連絡先氏名、続柄、電話番号……

こういった場合、連絡先はやはり長男にするのが穏当だろうか。それとも次男でもいいだろうか。年の順からすれば良太だけれど、既婚者の長男よりは独身の拓也のほうが身軽ではないか。拓也でいいだろうか。拓也がいいだろう。

「……あんこだとか……きな粉……大根おろし……」

「秋山さあん、書けましたか」

「書けました。緊急連絡先、次男にしたんですけど」

「結構ですよ、秋山さん。それじゃ確認しますね、秋山さん」

「院長先生にお願いして……師長さんが……」

「秋山さん、えーと」

看護師はさらりと髪を揺らして首を傾げた。

「それじゃご次男さん、東京にお住まいなんですか、秋山さん」

はい、と陽子は胸を張った。

「本社勤務なものですから。いえ、本当の本社はドイツなんですけど、日本本社が東京でして。いえ、日本国内に他に支社や支店もあるんですけど、本社勤務なものですから」

そうですか、と看護師は首を傾げたまま、感心したふうもない。

「秋山さん、それじゃご長男さんは。ご長男さんはどちらにお住まいですか」

はい、と陽子はまた胸を張った。

「長男は沖縄です。いえ、本当の所属は東京本社なんですけど、しばらく沖縄で指導に当たってて。いえ、沖縄にいるのは少しの間で、じき本社に戻る予定で」

そうですか、と看護師はやはり感心したふうがない。

「秋山さん、それじゃ他にご家族は」

「はい、連れはしばらく前に亡くなりまして。子どもは息子が二人です」

「そうですか。それじゃごきょうだいは」

「はい、あたしは一人っ子です」

「そうですか。それじゃご両親は」

「あら、やだ」

陽子は思わず吹き出してしまった。

「だってこの年ですもの、両親なんてとうに亡くなっています。生きていたって、百歳近くになりますもの。とても連絡先になんかなれません」

「そうですか。それじゃえーと、おじさん、おばさんとか。親しくしているいとこさんとか」

「あら、やだ。だって、緊急連絡先でしょう。ちゃんと自分の子どもがいるのに、どうしておばさんだのいとこだのが出てくるんですか」

「うーん」

看護師はつやつやした唇を丸めて、困った顔をした。

「緊急連絡先、病院としては、同居のご家族が一番なんですけど。同居のご家族がなければ、別に住むお子さんとか」

「あら。だから、子どもなら二人いる、って言ってるじゃないですか」

「えーと、でも、東京とか沖縄とかだと。病院としては、何かあったらすぐ来ていただける所でないと」

「あら。だって、子どもなんだから。声をかけて下されば、すぐ駆けつけるに決まってるじゃないですか」

「えーと、でも、病院としては、できるだけ近く、市内か、せめて県内で。それにこの季節ですから、雪があっても、間違いなく来ていただける……」

「だから、東京なんて、新幹線に乗ればすぐじゃないですか」

「病院としては、ご家族がなければ、お近くのご親戚とか。ご親戚がなければ、市役所とか、場合によっては、福祉……」

「えーっ、なに、それ」

陽子は呆れて声を出して笑ってしまった。

「だって、子どもがいるのに。家族がいるのに。なに、それ」

二

「で、靴下はどこにしまうんだ」

「そこ、二段目の引き出しの左のほう」

「長袖シャツは」

「三段目の右のほう……あっ、でも、左がいいかな。ね、どっちがいいかな」

「どっちが、って」

拓也は長い脚を窮屈そうに折り曲げ、整理箪笥の前にしゃがんでいる。陽子はベッドのリクライニングを起こし、目を細めて後ろ姿を眺めている。

拓也の顔を見るのは久しぶりだ。去年は夏休みにも帰らなかったし、春の連休にも帰らなかった。正月も半日帰っただけで、すぐ行ってしまった。こうして落ち着いて顔を見、声を聞くのは、しばらくぶりだ。会わないでいたうちにまたいちだんと逞しく、頼もしくなった。会社でも、中堅の主力社員として活躍しているに違いない。

――それにしても。

もっと早く来てくれればよかったのに、とほっそりした背中を眺めながら、陽子は繰り返し思ってしまう。

だって、きょうはもう四日だ。入院中の身にはお正月も何も関係ないけれど、でも、きのう来てくれれば、三が日の内だったのに。

拓也が病院に着いたのは、きのうの夜だったという。

病院からの「母入院」の連絡は、一日の昼のうちに届いた。けれども友人たちとライブに行っていたから、夜になるまで気がつかなかった。翌二日は折からの豪雪で、日本海側へ向かう路線は軒並み運休になった。三日朝、雪が小康状態になったのを見て、部屋を出た。新幹線は順調だったが在来線が大幅に乱れて、ようやく着いた駅では、タクシーを捕まえるのに時間がかかった。結局、ナースステーションに到着したのは、面会時間終了間際だった。

「でも、だったら、ゆうべのうちに顔を見せてくれたらよかったのに」

引き出しを開け閉めする背中に向かって、またくどくど言ってしまう。

「そうしたら、三が日の内だったのに。そうしたら、お互いもっと早く安心できたのに。ナースステーションなんか後回しにして、直接病室に来てくれればよかったのに」

「後回し、って」

だから昔と違って今はそうはいかないんだ、と拓也は振り向きもせずに言う。

「とりあえず書類をもらって説明を聞いて、それで時間切れだったんだ」

「えー、でも、だって、書類なんか。いつだって構わないじゃない。気が利かないのねえ、こういう所の看護師って。若い子だった？　こう、まつ毛がくるん、ってした」

「さあな」

「唇がぷるん、ってした……あっ、それ、洗濯物だから。気が利かないのよねえ、こういう所の看護師って。靴も服も、みんな一緒くたにしちゃうんだから。うちに帰ったら、拡げてよく見てね。靴は新聞紙を丸めて入れて、物置に並べて置いといてね。

服は上にはおるのと下に着るのとに分けて、泥汚れがついていたら、洗濯機に入れる前にこすって落としてね……あらまあ、結構な荷物ねえ。でもまあ、車だから」

「車は温泉の駐車場だ」

「えー、どうして」

「どうして、って」

ゆうべは病院を出てから、タクシーを待ち電車を待ち、結局、真夜中過ぎに家に着いた。家の前には除雪車が押しのけた雪が壁をなし、庭には腰の高さまで雪が積もっていた。乗りこえ、かき分け、中に入った。けさは雪を掘り進んで道を作り、雪の中を歩いて駅まで行った。前開きのパジャマとか、大中小のタオルとか、歯ブラシとコップと入れ歯洗浄剤とか。ナースステーションで渡されたリストには、入院患者が用意すべき物がたくさんあった。新幹線が止まる駅近くの大型店に出かけて探し回った。とても車を取りに行く余裕はなかった。

「えー、それじゃ、先に車を取りに行ってくれればよかったのに。パジャマなんか、わざわざ新しいのなんか要らなかったのに。タオルなんか、ちょっと押し入れを見てくれれば、もらい物のがいくらでもあったのに。歯ブラシなんか、洗面台の下の所を見てくれれば、買い置きのがたくさんあったのに」

「そんなことを言うなら、あらかじめ入院セットを作っといてくれ。鞄に入れて、見える所に置いといてくれ」

「えー、でも、だって、入院するかどうかなんてわからないのに」

「だいたいが、温泉も結構だけど、冬の間はよしたほうがいいんじゃないか。暖かくなって、雪の心配がなくなってからでいいんじゃないか」

「えー、でも、だって、温泉は寒い時季が気持ちいいのに」

「えー、でも、じゃない」

拓也は眉間に皺を寄せて振り返った。難しい顔つきが、また一段と頼もしい。

「今回はたまたま気がついてくれた人がいたから、助かったんだ。誰もいない所で倒れてみろ。それっきりだ」

「うーん」

「風呂なら、うちのでじゅうぶんだろう」

「うーん……うふっ」

陽子は楽しくなって、くすくす笑った。

成長した子どもにあれこれ言われるのは、なんて楽しいことだろう。なんて幸せなことだろう。だって、そうではないか。こうるさい指図も小言も、すべては親の身を案じる愛情ゆえの言葉なのだから。ちょうど子どもが幼い時、親が子どもに対して言ったように。おまけに、言い方まで親にそっくりなのだから。

——あんなに小さかった子がねえ。

思い出しては、おかしくてならない。

兄のおもちゃを欲しがっては、泣いていた子が。兄のランドセルをこっそり背負って取り返されては、泣いていた子が。

「それにそもそも、さっきナースステーションで聞いた話だと、こういったのは看護師に頼めば、病院の売店で揃えてくれるそうじゃないか」

「えー、でも、それって、入院しても誰も来てくれる人がいない人の話でしょう」

「あとで精算するってことじゃないか」

「だって、あたしには拓ちゃんがいるじゃない」

ねえ？　と陽子は笑いかけた。拓也はにこりともせず立って膝を払った。

「じゃ、これとこれ、洗濯物ってことだな」

「うん。ちゃんと仕分けてから洗ってね。セーターは黄色いボトルの中性洗剤、他のは青いボトルの洗剤を使ってね。あと、あした来る時、リップクリーム持ってきて。洗面台の棚に置いてあるから」

「わかった」

「あと、老眼鏡。こたつの上にあると思うから。あと、メモ用紙とボールペン。リビングの棚の、ほら、写真立てのあたりにあると思うから」

「わかった、わかった」

「外、雪、降ってる？」

陽子は首を伸ばして窓の外を見た。

「雪道、気をつけて。あと、車、早めに取りに行って。あと、ごみ、出しといて。あと、冷蔵庫の中、見ておいて。じゃ、気をつけて。またあした」

――あっ、しまった。

ハンドクリームも頼めばよかった、と気がついた時には、拓也の足音は消えていた。代わりにきいきい嫌な音がして、車椅子の大塚が入ってきた。ちんまりした老婆は小さな目を無理に見開き、顔じゅうを皺だらけにして笑っている。

「ちょいとちょいと、秋山さん。秋山さんてば」

「なんですか」

陽子はついさっきまでの笑顔を引っこめ、つっけんどんに答えた。

「今そこで会ったの、あんたの倅さんだって、ミホちゃんが。ちょいとなんだい、いい男じゃないか、ねえあんた。こう、すらっ、ってして、しゃきっ、きりっ、ってして。いい男じゃないか、ねえあんた」

「そうですか」

「愛想もよくてさ、母がお世話になりまして、なんて頭下げてさ。ちょいとなんだい、いい男じゃないか。ありゃあどこからどう見てもお父さん似だね、ねえあんた」

「ふわああ」

陽子はわざと大きなあくびをした。「あれだね」と大塚は構わず喋り続けている。

「次男坊なんだってね、ねえあんた。それじゃあれだ、ミホちゃんにちょうどお似合いじゃないか、ねえあんた。それじゃあれだ、なんだったらあたしが口利きしてやるよ、ねえあんた。ちょいとあんた、秋山さんたら」

「ふわああ」

陽子はまたあくびして、布団を引き上げ目をつぶった。

「ちょいとちょいと、秋山さんたら。あれ嫌だね、この人は。寝ちまったのかね。なんだい、せっかく倅が来てくれたってのに。なんだい、薄情な親だねえ」

「大塚さあん」

からからとワゴンを押す音がして、「ミホちゃん」の声がした。

「大塚さん、お洗濯物、お預かりしまーす」

「ミホちゃん、ミホちゃん。それ、それさあ」

大塚は孫のご機嫌を取るみたいな猫撫で声を出した。

「今回、袋、半分くらいしか入ってないからさあ。まけておくれよ、ねえミホちゃん」

「大塚さん、でも、お洗濯はネット単位ですよー」

「ミホちゃん、ミホちゃん。でも、でもさあ、今回、下ばきと靴下くらいしか入ってないからさあ。ミホちゃん、いい子だからさあ。ひとつ、洗濯屋さんにお願いしてさあ」

「お預かりしまーす」

「ミホちゃん、ミホちゃん。あれだよ、ミホちゃん、いい子だからさあ。なんだったら、ミホちゃんがそこらでこちょこちょ、って洗ってさあ」

「お預かりしまーす」

ぱたぱたと歩く音、からからとワゴンの動く音。

――ふふっ。

陽子は布団の中でこっそり笑った。

この病院には、入院患者が使える洗濯室がない。洗濯物は家族が持ち帰るのでなければ、出入りの業者に依頼する。

この病棟では週二回、火曜と金曜に看護師が病室を回って集め、業者に渡す。返却は火曜の分は次の金曜、金曜の分は次の火曜だ。支払いは入院費と一括で退院時、長期入院の場合は月末ごとだ。料金は指定のネット一枚単位で、内容量の多寡には関係しない。

――でも、嫌よねえ。

陽子は想像して、眉をひそめる。

どこか知らない、郊外の町工場。コンクリート敷きの床にずらりと並ぶ、業務用大型洗濯機。あちこちの病院や施設から集められた洗濯物は、ネットに入ったまま放り込まれる。紛失や取り違えを防ぐため、最初から最後までネットのまま処理するのだ。

ということはつまり、何日も履いた下ばきも、ちょっと口元を拭っただけのタオルも、一緒くたというわけで。それにそれらがすべて自分や家族のならまだしも、赤の他人のと一緒くたというわけで。それに百歩譲って健康な人のならまだしも、得体の知れない病人や怪我人のと一緒くたというわけで。

ほんと、嫌よねえ。ぞっとしちゃう。

しかもただではない、それなりの額の代金を払うというのに。お金を払ってまでして、そんな扱いを受けるなんて。ほんと、とても耐えられない。そりゃあまあ高温で乾燥させるから、科学的に言えば衛生的かもしれないけれど。でも、だって、やっぱり。

でもしかたがないのよねえ、家族のいない人たちは。どんなに嫌でも、だって、親身になって世話してくれる人がいないのだから。哀れねえ。惨めねえ。気の毒ねえ。

でもなんというか、そう、運命なのよねえ。むろん、自分に落ち度があるというのではないけれど。ただ単に、もって生まれた定め、ということ。嘆いても恨んでもしかたない、ということ。だから、諦める、受け入れるしかない、ということ。だって、そうでしょう。世の中は、何もかも自分の思うように行くものではないのだから。

「ふん、なんだい、小娘が」

車椅子をきいきい軋ませて、大塚が文句を言っている。

「いつもよくしてやってんのに。なんだい、ちゃらちゃらしやがって」

――それなのにあんな、いい年をして、わきまえもできないで。

陽子は大塚の愚かさをあざ笑った。

こちらから訊きもしないのに本人が勝手に喋るところによれば、大塚は今年で九十になるのだそうだ。それならば陽子より二十ほど上だ。全体的に干からびて縮んでいるから百五十か二百かと思ったけれど、九十なら、まあ人間並みだ。とはいえ、世間並みからすれば大した年寄りだ。じゅうぶんすぎるほど長い人生経験を積み、物の道理がわかって然るべき年だ。

それなのにあんな、みっともなくも大騒ぎして。

問わず語りの本人の話によれば、大塚は若い時分に夫と死に別れ、子はなく、ずっと一人で暮らしてきたらしい。小柄ながらも身体剛健で過ごしていたけれど、年と共にさすがに不具合が出るようになった。入院に当たっては、市内に住む姪の子どもに身元保証人になってもらった。きょうだい仲がよくなかった妹の、子のまた子どもで、会ったこともなければ、年も知らない。それでも名前だけは貸してくれた。今後状況が変わったら、またその子に頼むつもりでいる。

――でもそんな、会ったこともない、口を利いたこともない人間なのに。

陽子は大塚の愚かさを憐れんだ。

赤の他人みたいなものなのに。そんな都合よく、なんでも聞いてくれるわけなんかないのに。

「ああ、しんど、しんど。ああ、ナースコール、ナースコール……ああちょいと、ミホちゃん、ミホちゃん……」

――拓也、もう駅に着いたかしら。

陽子は布団をずらして窓を見た。

「ミホちゃん」がカーテンを閉め忘れたガラス窓には、室内の様子が映り込んでいる。その向こうに拡がる空は、すでにまっ暗になっている。太陽が沈めば、踏みしだかれて融けた雪は再び凍りつく。靴跡のついた変な形に固まって、いっそう歩きにくくなる。

リュックを背負い、両手に洗濯物の袋を提げた息子は、息を弾ませ歩くだろう。家に着いたら洗面所に直行し、袋の中身を調べるだろう。靴は新聞紙を丸めて入れ、物置へ。泥のついた服はあらかじめ泥を落とし、洗濯機へ。セーターは黄色いボトルの中性洗剤、それ以外は青いボトルの弱アルカリ性洗剤で。下ばきと靴下は洗濯機に入れる前に下洗いして、ブラウスは畳んで洗濯ネットに入れて……。

——ふふっ。

陽子はつい、笑ってしまった。

だって、そうではないか。すらりと背の高い拓也が、腕まくりし背中を丸め、洗面台に向かうなんて。ドイツに本社のある世界的企業の主力社員が、夜の洗面所で母親の下ばきや何かを洗うなんて。

とても感動的なような、ちょっぴり滑稽なような。とても感心なような、ちょっぴり気の毒なような。

ああ、おかしい。ああ、かわいそう。ああ、幸せ。

本当に、本当に。こんないい息子を持った自分は、なんて幸せなんだろう。なんて恵まれているんだろう。なんていい定めの下に生まれついたんだろう。

陽子は満足して目を閉じた。

たまにはちょっとした怪我をしてみるのもいいものだ、と思った。この程度の、命に別状のない、できたらあまり痛くない。

三

「あ、よいしょ……あっ、いたたた」

陽子は椅子に座ろうとして、中途半端な位置で悲鳴を上げた。

「あたたた……だから、まだ全然治ってないのに……あたたた」

尻を突き出した姿勢でテーブルにすがり、そろそろと腰を下ろす。腕を回し腰をさすり、背中をさする。腰だけでなく、肩も、首も痛い。ちょっとでも気を抜くと、こんなふうに体じゅうが痛くなるのだ。涙が滲んだ目で、壁のカレンダーを見る。

きょうは七草、一月七日。救急車で運ばれたのが大晦日だから、まだ一週間ほどしか経っていない。たった一週間しか。

「たった、って」

呆れたように言う拓也の声が蘇った。

「一週間も入院すれば、じゅうぶんだ」

けさ、ご飯のあとに迎えに来た拓也は、荷物をまとめながら言ったのだった。

「昔と違って、今はそういうものなんだ」

「えー、でも、だって」

陽子はベッドに腰を下ろし、足の指を動かしながら言ったのだ。

「まだ全然、体じゅう痛いのに。だってうちに帰ったって、買い物とか、ご飯の支度とか。掃除とか、ごみ出しとか」

「当座の食料なら、買ってある」

その他も適当に買ってあるから、しばらくは出歩かずにおとなしくしているんだな。必要なら、病院に頼めば通院の送迎もしてくれるそうだから。

「えー、でも」

陽子はあんまりびっくりして、ベッドから落ちそうになったのだ。

「だって、それじゃ拓ちゃんは?」

「東京に帰る」

当たり前のように拓也は言った。

年休、だいぶ使ったしな。あしたから仕事だ。遅くならないうちに東京に戻る。

――年休なんてどうせ、ライブとか何とか、そんなくだらないことで使ってるくせに。

陽子は手の平で体を撫でながら、息子とのやりとりを思い返しては腹を立てた。

それになんだ、「東京に帰る」とは。違うだろうが、「東京に行く」だろうが。

「あ、よいしょ……あっ、いたたた」

陽子は床に置いた段ボール箱に手を伸ばしかけ、また悲鳴を上げた。

箱の一つにはカップ麺とかスープとか、お湯を注げばすぐ食べられる物が入っている。乾物や缶詰の箱、菓子や飲み物の箱もある。米の袋とトイレットペーパー、ティッシュペーパーは、床に並べて置いてある。

ホームタンクの灯油は、満タンになっているだろう。温泉の駐車場から取ってきた車のガソリンも、満タンになっているだろう。

——でもねえ、だってねえ、病院にいたらねえ。

陽子は息子がポットに入れておいてくれた湯をカップ麺の容器に注ぎながら、くどくど思った。

——きょうは七草、お昼ご飯は七草粥だったのに。

内臓的にはどこも悪くない、持病もない陽子は、病院ではいわゆる普通食だった。昔と違って今の病院食は上等になっていて、内容も量もまずまずだった。特に何かしらデザートが付く昼食は、ちょっとした楽しみだった。

献立表によれば、きょうは七草粥と牛肉コロッケ、五目豆にお浸し、デザートに杏仁豆腐が付いたのに。ごちそうとまでは言えなくても、それなりにお正月らしいメニューだったのに。

——だってねえ、そもそもよ、そもそも。

陽子のつもりでは、こんなはずではなかったのだ。

まだ当分、少なくとももう一週間か二週間、いや、今月いっぱいくらいは、入院しているつもりだった。だって、そうではないか。昔、母さんが転んで腰を打った時は、二か月くらい入院したのだから。いや、なんだったら、雪のある間、ずっと入院しているのもありだと思っていた。昔、伯父さんの一人が年末に骨を折った時は、春になるまで入院したのだから。

それにそもそも、まだ当分、息子がいるはずだった。入院中の母のためには、洗濯物を取りにきて、ついでにおやつにまんじゅうなんか買ってきたりして。退院した母のためには、通院に付き添って、ついでに帰りにスーパーで夕食の買い物をしたりして。

陽子はため息をついて、カップ麺を混ぜながら窓の外を見た。ねずみ色の空からは、今にも雪が落ちてきそうだ。

——拓也、もう新幹線に乗ったかしら。

松の内といっても、きょうは平日。平日のこの時間帯なら、上り便は空いているだろう。息子はのんびりと足を伸ばし、ビール片手に幕の内でも食べるだろう。食べたら背もたれを倒して、ひと眠りして。目が覚める頃には、列車は長いトンネルを抜けているだろう。息子はちょっと背伸びして、雪のない広い平野を眺めるだろう。

——でもねえ、だってねえ、そもそもねえ。

カップに残った麺の切れ端を探りながら、また初めからぐるぐる考えた。軽い音を立てて、電話が鳴った。

「もしもし？　おかあさん？」

「あっ、これは」

陽子は慌てて箸を置いた。電話の相手は長男の姑、長崎に住む、良太の妻の母親だ。

「これはこれは、どうもご無沙汰いたしまして」

——何？　何かあった？　何の用？

陽子は忙しく頭を働かせた。

お歳暮の礼状ならいつも通り、受け取ってすぐ出したのに。毎年あちらからはカステラが届いて、こちらからは日本酒を送る。あちらからの礼状も、いつも通りすぐ届いたのに。

年賀状だっていつも通り、干支を印刷したのにひと言添えて出したのに。あちらからもいつも通り、干支の版画付きのが届いたのに。

それとも何か見落としがあっただろうか。もしや手違いがあっただろうか。

「こちらこそ、どうもご無沙汰いたしまして」

ころころとした、愛想のいい声が応える。陽子は、なんの苦労もなさそうな、いい所の奥様然とした相手の顔を思い浮かべた。

結婚した子どもの親同士は、なんと呼ぶのだろう。とにかく、あちらの両親と直接会ったのは、三回しかない。結納を兼ねての顔合わせの食事会と、結婚式と、あとは亡き夫の葬式の時。陽子より一つ下だという妻のほうはふっくらしておっとりして、亡き夫と同い年だという夫のほうはやせて几帳面そうだった。そのあとは特に必要もないから、顔を合わせたこともない。

――あっ、そうか。

思い当たって、陽子ははたと膝を打った。

そうか、退院祝いというわけか。そうだ、今回の陽子の災難は、次男を通して長男を通して、当然、あちらも知っているわけで。お見舞い、ご機嫌伺いというわけだ。

それにそうだ、きょうは七草、まだ松の内というわけで。退院祝いに、新年の祝いを兼ねてというわけだ。

なるほど、なるほど。

「まあおかあさん、わざわざありがとうございます」

陽子はまず、見舞いに対する礼を述べた。

「それから、おめでとうございます」

「まあ！」

電話の声が、ぱっと弾けた。

「まあおかあさん、ありがとうございます！　ええほんと、こちらといたしましても、ほんとに気を揉んでおりましたんですけど。ええほんと、どうもありがとうございます！」

「はあ？　あのう」

「ええほんと、これでようやくひと安心、と申しますか。でもほんと、ほんとに大変なのはこれからですものね。でもほんと、ほんとにようございましたわ」

「はあ？　あのう」

「ええほんと、ありがとうございます、ありがとうございました。おかあさん……あら、いえ、うふふ……」

電話の声は、内緒話めかして囁いた。

「……おばあちゃん！」

「えっ？　えーっ！」

「だから、何か月も前から伝えたはずだけどな」

「えー、でも、全然聞いてないのに」

「だから、しばらくは大事を取って、とか」

「だって、そんなんじゃ全然通じないじゃない」

陽子は電話口でぷりぷり怒った。

全く全く、何もかも、信じられない。許しがたい。どうかしている。

命名はこうで、漢字だとこう書くとか。生まれたのは何日何時何分で、体重は何グラム、身長は何センチだったとか。

いやそれ以前にそもそも、初孫が生まれる、生まれた、だなんて！

一体全体、そういったことを、どうしてあちらの親に教えられなければならないのか。

それにそれに、「どうもありがとう」「ありがとうございました」だなんて！

いったい何か、うちの息子は種馬か。

「だって、秋山の孫なのに」

「だから、昔とは違うんだ」

良太はうんざりしたらしい声で言った。

今はそういう言い方はしないんだ。で、しばらくの間、「こっちのおかあさん」が来て手伝ってくれることになったから。無理しないでいいから、そのうち都合がついたら、顔を見にきてやってくれ。

「はいはい、ああそうですか。それじゃご祝儀はのし袋に入れて、現金書留でお送りしますから。はいはい、それじゃこのたびは、どうもおめでとうございました」

――「顔を見に」だって、「顔を見に」。

陽子は息子のひと言ひと言を思い返しては腹を立てた。

「無理しないでいいから」「そのうち」「都合がついたら」だって。「こっちのおかあさん」だって、「こっちの」。

そりゃあまあたしかに、長崎のほうが沖縄に近いけれど。でも、それじゃあ陽子は

「あっちのおかあさん」というわけか、「あっちの」？

　歯噛みする思いで窓の外を見た。きょうもまた、降ったり止んだりのねずみ色の空。黒に近い濃い色と、白に近い淡い色が混ざる。沖縄は、「あっち」はさぞ暖かいだろう。長崎もまた暖かいだろう。晴れ渡った青空に白い雲が浮かんでいるだろう。

　――でも、でもよ。誰がなんと言ったって。

　冷たそうな空を見るうち、少しずつ気が落ち着いてきた。

　生まれた子は陽子の孫、陽子の家族なのだから。だって、そうではないか。いくつになってもどんなに離れても、親子は親子、永遠に家族なのだから。ということは、子どもの子どもも、また家族。家族が増えたということなのだから。

　それなのに良太ったら、あんな他人行儀な、薄情な言い方をして。

　陽子は息子のひと言ひと言を検討し、いやしかし、と考え直した。

　でも、しかし本当は良太だって、そのことはよくわかっているのだ。わかっているのにさっきみたいな、あんなつっけんどんな言い方をしてしまうのは、慣れない育児で疲れているからだ。気がせいているからだ。

そういえばあの子ったら、小さい頃から、わざと相手の機嫌を損なう言い方をすることがあったから。ふだんは優しい、いい子なのに。疲れた時とかお腹が空いた時とか、わざと相手の嫌がる言い方をして。そのせいで弟と言い合いになって、やがて取っ組み合いに発展して。なだめ、引きはがすのに、苦労したものだ。

「うふふ」

陽子はすっかり機嫌を直して、部屋の中を見回した。

壁に寄せて置いたテーブル、二つだけ残してあとは片づけた椅子。一人暮らしの家の中は、掃除の手間を省くため、なるべく物を置かないようにしている。

——テーブルはまん中にずらして、物置から椅子を持ってきて……。

息子が孫を連れて帰ってくるまでに準備しなければならないことを考えると、急に忙しくなってくる。

そうか、それならベビーベッドは捨てなければよかった。邪魔になると思って、処分してしまったけれど。長座布団で間に合うだろうか。毛布と掛布団は、押し入れの上段にしまってあるはずだけど。

果汁用の哺乳瓶と離乳食用の食器は、出しておいたほうがいいだろうか。箱に入れて物置の棚にしまってあるはずだけど。それとも今は昔と違って、果汁は飲ませないだろうか。離乳食はいつ始めるのだろう。

それで、孫を連れて帰るのはいつだろうか。まだ首が座らないから、もうしばらくは無理だろうか。それとも今は車や飛行機だから、首が座らなくても動けるだろうか。いやでもやはり、雪の心配がなくなってからのほうが……。すると、まだ当分先ということになる。それならやはり、離乳食用の食器を用意しておいたほうが……。

そうそう、それから、拓也のほうだ。

ライブだかダイブだか知らないけど、親の気も知らずに能天気に遊び歩いて。叔父さんになったんだから、もっとしっかりしてくれないと困る。だいたいがあの子だってもういい年なんだから、いつまでもふらふらしていないで、いい加減身を固めてくれないと困る。いとこだって、年が近いほうが遊び相手にいいのだから。

そういえばあの子ったら、小さい頃から、自分勝手なところがあったから。週末は家族でドライブする予定なのに、友だちと遊ぶ約束をしたりして。自分は行かない、友だちと遊ぶのが駄目なら一人で留守番する、なんて強情を張ったりして。もう大きいんだから、少しは家族のことを考えてくれないと困る。兄が甥を連れて帰ってくるのだから、自分のほうも日程を合わせて休みを取って……。

陽子は壁に掛けたカレンダーを見た。下の台に置いた年賀状の束が目に入った。一番上に見えるのは、誰から届いたのか、家族写真付きの一枚。

――来年は、久しぶりに家族写真付きの年賀状もいいかもしれない。

そう思いついたら、また一段と忙しくも楽しくもなってきた。

家族写真付きの年賀状なんて、いったい何年ぶりになるだろう。子どもたちが小さい頃は、毎年揃って写真を撮って、連名で出したものだけれど。長男は中学生になった頃から、親と一緒に撮られるのを渋るようになった。次男は中学生になった頃から、連名にされるのさえ渋るようになった。それ以来だから、もう二十年くらいになる。

さて、では構図はどうしようか。やはり今回は孫が主役だから、孫をまん中にして、祖母である陽子が抱いて座って。そのまわりを親である良太夫婦と、叔父である拓也が囲んで。

服装はどうしようか。祖母らしいというなら、着物だろうか。あるいはツーピースでも誂えようか。いや、でも、あまり仰々しいのも。昔と違って、こざっぱりした普段着のほうが今ふうでいいかも。それなら、ちょっとしたよそ行きを買って。

そうして大きく、「わが家に」と書くのだ。「新しい家族が増えました。どうぞよろしくお願いします」

どんなにすてきな、記念すべき一枚になるだろう。

思い浮かべて、陽子はうっとりした。

そうだ、なんだったら、翌年からも同じ構図で作ったらいい。「満一歳になりました」「満二歳になりました」そうして次の子が生まれたら、今度はその子をまん中にして。そうして拓也の子が生まれたら、今度はその子をまん中にして。

次々と広がる、家族の輪。

――あら、でも、だけど。

だけど、息子の妻は自分の家族だろうか。

陽子の夢想はそこで立ち止まった。

そりゃあまあ、息子にとっては家族だろうけれど。そりゃあまあ、たまに顔を合わせた時にはもっともらしく、「おかあさん」と呼ぶけれど。

でも、だって、あの子には自分の実の親がいるのだから。いくつになっても何があっても、親子は親子、永遠に家族なのだから。ということは、あの子にとっては、いつになってもどこに住んでも、自分の親こそが自分の家族だ。夫である良太は、いわば第二の家族だ。まして夫の母親なんて赤の他人、全くの問題外だ。

そうしてそれは、陽子の側からしても同じことだ。

そりゃあまあ、一緒に住んでいれば、また話は違うかもしれないけれど。

――あら、でも、それじゃ。

陽子は恐ろしいことに気がついてしまった。

でも、それじゃ、長崎の母親が、生まれた子の世話をしに来るというのなら。

良太は、あの女を「おかあさん」と呼ぶだろうか。そうしてあの、のんきそうな、なんの苦労もなさそうな母親は、「良太くん」と呼ぶだろうか。もしや、「良くん」「良ちゃん」など呼んだりして。

そうしてそうして、たとえしばらくの間でも、同じ屋根の下に住むということは。互いを家族だと思うだろうか。思うようになってしまうだろうか。

――失礼じゃない。

陽子は怒りに身を震わせた。

だって、あたしの息子なのに。冗談じゃない。図々しいにもほどがある。だって、あたしの家族なのに。

四

「ちょいと、あんた！　ほれ、あんた！」

「はい？　あら」

「あんた、久しぶりだねえ。元気そうじゃないか。ええと、ええと……」

「秋山です」

「ああ、そうそう、秋山さん」

ちんまりした老婆は、車椅子から見上げて笑った。

「あんた、こっち来て座んなよ。ほれここ、ここが空いてるよ。ほれここ、あたしが席、取っといてあげるから。ほれあんた、ほれ」

「はあ」

陽子はぐるりと見回した。

いつものことだが外来待合室は混雑して、他に座れそうな席はない。気は進まないけれど、長椅子の端に腰を下ろした。老婆はぴたりと車椅子を脇に付け、顔をくしゃくしゃにして笑った。

「あんた、久しぶりだねえ。元気そうじゃないか、ねえあんた。で、きょうは何しに来たんだい？　元気そうじゃないか、ねえあんた」

「はあ、あの、リハビリに……あの、大塚さんもお元気そうで」

「あれ、やだね、この人は。あれだよ、ほれ、あたしはさあ」

大塚はぺらぺら話し出した。陽子が退院したあとじき耳鼻科に移って、皮膚科に移って、今はまた外科病棟にいること。きょうは外来病棟にある売店にスカーフを買いに来たこと。

「だってほれ、もう春だし。これ、もうちょいと暑いじゃないか」

大塚は肩にかけたショールを細い指で撫でた。

見覚えのあるショールは、毛羽立って端がほつれている。やはり見覚えのあるカーディガンは、袖口が黒ずんですり切れている。

「ミホちゃんに頼めば、買ってきてくれるんだけど。でもほれ、柄とか、生地の具合とか。好みってのがあるじゃないか。自分でさわって選びたいじゃないか」

「ミホちゃん……ああ、あの」

陽子は、まつ毛のくるんとした、お人形みたいな若い看護師を思い出した。

「で、ついでに飴玉買って、ここで舐めていくんだ。ほれ、一つあげよう。ほれ、遠慮なんか要らないよ」

「はあ、ありがとうございます」

「ほれ、あたしももう一つ舐めよう。ああ、旨い旨い。あれだよ、ベッドで舐めてると、ミホちゃんが来て怒るんだよ。まあ、あの子も若いから、杓子定規なのはしょうがないけど」

「はあ」

「もうちょいと融通が利くといいんだけど。あたしもよく言って聞かせるんだけど。

かわいい顔して、あれで頑固で。でもほれ、あたしもいい年だから。そういつまでも面倒見てやるわけにもいかないし」

——面倒見てやる、って。

陽子は口の中で飴玉を転がしながら、呆れてしまった。

——よく言って聞かせる、って。まるであの看護師が自分の孫であるみたいな。

「おや、ちょいとなんだい。どっからかすうすう、すきま風が」

大塚はショールをかき寄せ、首をすくめた。

「あれ、あそこの窓、締まりが悪いんじゃないか。なんだい、しょうがないねえ。どれ、ちょいと見ておこう。ああんた、ゆっくりしていくといいよ。なに、遠慮は要らないよ。午後になると、そっちの席が陽当たりがいいよ。どれ、ああ、すうすう風が」

——ちょいと見ておこう、って。まるでこの病院が自分の家であるみたいな。

ちっぽけな老女は短い腕を大きく回し、きいきい音を立てて漕いでゆく。車椅子から落ちそうに前のめりになって急ぐ姿は、一家の全責任を担う主婦のようだ。

陽子は、滑稽なような、痛々しいような思いで、大塚の後ろ姿を見送った。

だけどそう、家族のいないこの女にとっては、病院は自分の家、職員は自分の家族みたいなものかもしれない。


ベランダで洗濯物を干していたら、電話が鳴った。

「はーい、はい、はい、ただいま……あっ!」

急いでサンダルを脱ごうとしたら、足がもつれた。はずみで爪先を敷居にぶつけ、ついでに膝をテーブルにぶつけた。陽子は床にぺたりと尻をつけて、あちこちさすりながら電話に出た。

「あたたた……うん、はい、拓ちゃん。あたたた……うん、それで、帰ってくる日、決まった? 何日? 何時? あたたた……駅まで迎えに行くから。あたたた……ちょっと待って、メモするから」

「それが、申し訳ないけど」

残念だけど行けなくなった、と大して残念でも申し訳なくもなさそうに息子が言った。

急な話だけど、再来週からドイツ本社に異動になったから。ついてはいろいろ忙しくて、ちょっと行っていられない。

「えー、なに、それ」

陽子はあんまりびっくりして、体をさするのもボールペンを握るのも忘れてしまった。ぽとりとペンが落ちて、床を転がった。

「そんな重大なこと、そんな急に。なに、それ。家族の事情も聞かないで。拓ちゃん、あんた、ひとまずうちに帰ってらっしゃいよ」

「それが、急なことだから」

とにかく忙しくて、と大して忙しくもなさそうな調子で息子が言った。

残務処理とか、引き継ぎとか。こちらでの住まいの処分も、あちらでの住まいの手配もあるし。で、悪いけど、今回はパスということで。また次回ということで。まあそのうち帰国したら、まあなるべく顔を出すようにするから。

「ちょっと、パス、って何よ。まあそのうち、まあなるべく、って。あんた、それでいったい、いつまでドイツくんだりにいるってのよ」

「そうだなあ」

のんきそうな調子で息子が言った。

まあ当分、住んでみて。まあ居心地がよかったら、いつまでも。

「いつまでも、って……」

陽子は目の前が暗くなって、気が遠くなってしまった。はっと気づいた時には、電話は切れていた。忘れていた体の痛みが蘇った。

「あたたた……そういえば」

痛がって呻く母親に、息子は「どうかしたか」のひと言も尋ねなかった。

「だから、飛行機の予約は取ったんだけど」

前々日になって、良太が電話をよこした。

「急に熱が出て、吐くこともあって」

「……そう」

「機嫌もよくないし、大事を取ったはうがいいかと思って」

「そう。そうね。でも」

——だって、部屋も布団も用意したのに。

果汁用の哺乳瓶も、離乳食用の食器も用意したのに。写真屋の予約もして、新しいワンピースも買ったのに。

そりゃああたしかに、小さい子は体調が変わりやすいものだけれど。そりゃああたしかに、飛行機なら負担が少ないとはいえ、長道中であることには変わりないけれど。あちらとこちらでは気候も違うだろうし、万が一のことがあっては大変だけれど。

でも、そんなに都合よく、前々日になって具合が悪くなるものだろうか。前日や当日では、白々しい。前々日なら、あらかじめ相談したということになるから。判断したのは相手側であって、自分のほうではないということになるから。

そんなふうに勘ぐるのは、陽子の根性がいじけているせいだろうか。

「でも、あさっての便でしょう。あした一日ゆっくりすれば、よくなるかもしれないでしょう」

「だから、用心するということで。また今度ということで」

「でも、午後の便でしょう。その朝の様子を見て、判断すればいいでしょう」

「だから、キャンセル料が」

「キャンセル料」

でも、だけどそれを言うなら陽子のほうだって、写真屋にキャンセル料を払わなければならないのに。それに、たくさん買いこんだ新生児用の紙おむつは。「また今度」って、次になったら、サイズが合わなくなっているかもしれないのに。

「あっ、そうだ」

陽子は無理して明るい声を出した。

「それじゃ、あたしがそっちへ行こうかな。だって、良ちゃんたちも大変でしょう。おむつ、たくさん買ってあるのよ。持ってってあげる。ね、飛行機の切符ってどうやって買うの」

別にわざわざ来てくれなくて結構だ、と息子が言った。

「こっちのおかあさん」がいてくれてるから。慣れない土地での初めての育児は大変だというので、ずっと助けてくれてるから。

「えー、なに、それ」

陽子はびっくりしてしまった。

「だって、もう三か月も経つのに。まだ姑が居座ってるなんて。だって、秋山の孫なのに。良ちゃん、あんた、一家の長なんだから。上手に言って、早く出てってもらいなさいよ」

だから、今は昔とは違うんだ、と息子が言った。

で、ついでだから言っておくけど。沖縄は過ごしやすいし、子育てもしやすいし。人脈もできたし、これからは組織ではなく個人の能力の時代だし。こっちで家を建てて、起業しようと。「こっちのおとうさんおかあさん」も、全面的に協力すると言ってくれるし。二世帯住宅にして、一部を事務所にして。

「えー、なに、それ」

陽子は引っくり返りそうになるくらい、びっくりしてしまった。

ここは雪の降らない土地だから、と息子が続ける。

雪国育ちには、馴染めないだろうから。無理して来なくていいから、用がある時はこっちから出向くから。

「こっちから、って」

それでは、いっさい来るな、ということか。自分は子と妻と、その両親と、新しい楽しい家庭を築くから。お前なんか用はない、ということか。お前なんかもう家族ではない、ということか。

陽子は呆然として、言葉も出なかった。

丘を登り始めると、早くも硫黄がにおった。陽子は車の窓を開け、深々と空気を吸い込んだ。

久しぶりに見る「あったか苑」は、春の日を浴びて輝いている。駐車場が空いているのは、以前と同じだ。フロント係も、前と同じだ。カードにスタンプを押してもらい、慣れた廊下を浴室へ向かった。

いつもちょっとした季節のしつらえがしてある棚には、小さな武者人形が飾ってある。陽子はしばし足を止めて眺めた。

この前来た時は、小さな門松と鏡餅だった。その次は豆まき用の鬼の面が、その次は親玉飾りの雛人形が飾られたはずだ。しばらく来ないものだから、どちらも見ないまま時期が過ぎてしまった。

ぽつぽついる客が中高年ばかりなのは、以前と同じだ。脱衣室が空いているのも、前と同じだ。陽子は手早く服を脱いで、引き戸を開けた。手前に「かけ湯」、それから「大浴槽」「泡風呂」と、見慣れた浴槽が並んでいる。陽子はいつものように端から順に梯子して、最後に一番お気に入りの露天風呂に浸かった。天然石を並べた露天風呂には、先客は誰もいない。

眼下には、茶色く枯れた田圃が拡がっている。その向こうに川があって、その向こうに町がある。その向こうに細長く見えるのは防風林で、さらにその向こうは海だ。田圃のまん中を線路が走っていて、一時間に一本、列車が通る。

「ふう」

浴槽の縁に頭を乗せ、空を見上げた。

青い空、白い雲。ねずみ色の雲の季節は過ぎた。高い所で鳥が鳴いている。

——でもまあ、またここに来られるまでに回復したんだから。

まずはよかったということだ。

通院は月に一度でよくなった。あとはせいぜい体を温め、血行をよくすればいいということだ。それなら、湯治がてら、リハビリがてらに、ここに通えばいいわけだ。ただの娯楽ではない、療養目的というわけだ。

せっせと通えば、スタンプもすぐいっぱいになる。週に何度も通えば、月に何度も無料で入れる。

陽子はちょっと微笑んで、とろりとした湯を掬って胸にかけた。

源泉かけ流し、加温加水なしが売りの湯は、日によって多少温度が違う。久しぶりのせいか、きょうはやや熱い気がする。少し上がって休もうか、と体を起こしかけた時、背後で音がして、露天風呂入口の戸が開いた。

「あら、まあ」

若い女の声が言った。

「でも、風が冷たいじゃない」

「あら、ほんと」

年上の声が応えた。

「じゃあ、やめとこうか。はあい、お外は寒いでちゅからねー。はあい、じゃあ、戻りまちゅよー」

――孫と、娘と、母親。

陽子は顎まで湯に浸かって、じっとしていた。戸が閉まる音がして、話す声がして、足音が遠ざかった。

――休みの日でもないのに、わざわざ見せつけるみたいにして。

寒いならさっさと戻ればいいのに、わざわざ大声で騒ぎたてて。子どもが一人なら大人だって一人で間に合うのに、わざわざ二人で連れだって。風呂なら家にだってあるはずなのに、わざわざ温泉に来て。

――良太のところでも。

温泉に出かけたりするだろうか。孫と、娘夫婦と、その親夫婦と。風呂なら家にあるのに、わざわざ揃って、ぞろぞろ連れだって。沖縄にも温泉はあるだろうか。

ドイツはどうだろうか。ドイツ人も温泉に浸かるだろうか。拓也はいつまでドイツにいるだろうか。やがてドイツ人と結婚するだろうか。ドイツ人も連れだって温泉に出かけるだろうか。

目隠しの植え込みに、雪椿が赤い花を咲かせている。

沖縄の温泉地には、南国の花が咲くだろう。沖縄にも露天風呂はあるか。ドイツはどうか。ドイツにも露天風呂はあるか。そこにはドイツの花が咲くか。そこに陽子が浸かることはあるか。

「ふう」

陽子は首を振って、ざばっと立った。とたんに目の前が暗くなって、体が揺れた。

「で、その子ったらさあ」

薄れゆく意識の中、どういうわけだか大塚の声が聞こえた。

「死んだら連絡してくれ、死んでからでいい、って言うんだよ。そりゃあ、会ったこともない子だけどさあ」

そうだ、入院中、訊きもしないのに何度も聞かされたのだった。

「だけど、そんな言い種ってあるかい、そんな言い種って。あたしゃ、一銭だって遺してやらないつもりだよ」

遺すお金なんかないくせに、とあざ笑っていたのだけど。

だって家族がいないんだからしようがないじゃない、と馬鹿にしていたのだけど。

でも、だけど少なくとも大塚は、市内に身内がいるのだ。

それに比べて、陽子ときたら。

この次入院した時には、洗濯物は看護師に頼んで、業者に頼んで。ハンカチも下ばきも一緒くたにして、ネットに詰めて。見ず知らずの病人や怪我人のと一緒に、大型機械でぐるぐる回して……。

うまい具合に、手が壁に触れた。陽子は壁にすがりついて、ふらふらしてよじ登った。そのまま体を転がして、コンクリート敷きの上に大の字になった。しばらく荒い息をしているうち、いくらか落ち着いてきた。

青い空、白い雲。鳥が鳴いている。まだ夕方にはならない。

陽子はゆっくり体を動かして、コンクリート敷きの上に片膝を立てて座った。転がっていた手桶で湯を掬って、体についた砂粒を洗い流した。手すりをつかんで、慎重に立った。

眼下に見える、枯れた田圃。光る川。町、防風林。

――でも、家族がいないなら、それがなんだっていうんだろう。

それならそれでいいではないか。別にいないからといって小さくなることはないではないか。引け目を感じたり、卑屈になったりする必要はないではないか。だってないのだから、しようがないではないか。単にいないだけではないか。

結局、家族がいたっていなくたって、自分が自分であることに変わりはないのだ。堂々としていればそれでいいのだ。それでご家族は、と尋ねられたら、いません、と答えればそれでいいのだ。
陽子は田圃を見下ろし、裸の胸を張った。

著者プロフィール

小林 弁（こばやし べん）

1962年生まれ。千葉県出身、新潟県在住。

それで、ご家族は

2024年12月15日　初版第1刷発行

著　者　小林 弁
発行者　瓜谷 綱延
発行所　株式会社文芸社
〒160-0022　東京都新宿区新宿1－10－1
電話　03-5369-3060（代表）
03-5369-2299（販売）

印刷所　株式会社フクイン

ISBN978-4-286-26109-6